Faites parler les mouettes

AF142764

Pauline H. Bouyssonnie

Faites parler les mouettes

Books on Demand

Edition : BoD - Books on Demand

12/14 rond-point des Champs Elysées

75008 Paris

Impression : BoD – Books on Demand, Norderstedt

ISBN : 978-2-322-22142-4

Dépôt légal : avril 2020

MOITIE D'AUTEUR

Un jour je partirai pour un pays lointain
Laissant défiler la vie par les vitres du train.

Sans me retourner, j'irai jusqu'au bout du monde
Afin d'oublier cette colère qui encore gronde.

Et quand je reviendrai, des rêves plein la tête,
Je serai à même d'écrire une œuvre, d'être poète.

Je dessinerai sur une grande feuille bleue
D'un trait mes grands yeux vert clair et généreux.

Pour montrer ma perception de l'univers
Et la propager à travers la Terre entière.

CHAPITRE I

Je vais vous raconter quelque chose
mais je ne sais pas quoi dire

MES PETITES HABITUDES

Aujourd'hui j'avais rendez-vous pour signer un contrat pour le Revenu de Solidarité Active. En sortant j'ai acheté une petite bière pour me rafraîchir la vie. J'adore les parcs, ils sont remplis de vie et de verdure. Cela me rappelle la Seine et Marne. Ma famille vit en région parisienne, mon frère arrive désormais à la retraite et il vend tous ses biens pour partir à l'île de la Réunion. En ce moment c'est la fête de la musique. J'adore la musique. Je sais jouer de la guitare, un petit peu. Je joue seulement Jeux Interdits. C'est ainsi depuis ma naissance, j'ai deux mains gauches. Je suis arrivé en Province quand je me suis séparé. Je suis ici en solitaire, je vis seul et je pense que j'ai perdu le mode d'emploi pour draguer. Je ne sais plus comment faire. Alors je me dis que j'ai passé l'âge des succès, c'est plus facile à apprécier. Pourtant j'en ai eu autrefois. Et on y allait ! Dans la vie le hasard qui existe fait que l'on discute et d'un coup... c'est comme cela la vie.

J'ai aussi fumé des kilos de drogue. A l'époque c'était de la bonne, ce n'est plus comme aujourd'hui, tout est coupé. On se défonçait pas mal auparavant et j'ai brûlé trop de neurones. C'est à se demander si je suis viable aujourd'hui. Qu'est-ce que vous écoutez comme musique ? Moi j'aime le rock costaud. Ma préférée, c'est

La fille du coupeur de joint de Thiéphaine. Celle-ci elle est balèze.

En naissant je me suis appelé Romain. J'étais le seul à l'époque à m'appeler ainsi. On s'est moqué de moi : « Ave César » était devenu ma rengaine. Je suis un accident à la différence de mes frères et sœurs. Eux sont nés autre part et on ne les a jamais embêtés à ce sujet. Ma mère a accouché de moi en urgence, la poche s'étant percée trop tôt. J'ai refusé tôt de rester enfermé.

Mes parents sont de vrais parisiens. Ils ont été expulsés en banlieue car la vie était devenue trop chère au centre. Ils ont connu Paris dans bien des états. Pour ma part, j'habite un appartement minuscule à côté d'un supermarché. La dernière fois que je suis allé faire des courses, j'ai vu un jeune vendre des abonnements pour un journal local. Celui que je ne lis pas, je reste parisien moi. J'ai discuté avec lui et on s'est rendu compte que l'on venait tous les deux de Seine et Marne. Le hasard a frappé une fois de plus ! Il paraît que lorsqu'on arrive en province, on doit faire profil bas. A ce sujet je ne dirai rien de plus, c'est vrai.

C'était en 1982, la première fois que je suis venu dans cette ville. En arrivant à Bordeaux, j'étais César sans sa couronne, Romain le provincial qui se fichait pas mal des « on dit que... ». On nous traite de veaux mais crois moi, partout il n'y a que des bœufs ! J'ai de suite travaillé comme veilleur de nuit, la misère du monde je l'ai vue. J'ai rencontré une femme à mon boulot. Mais comme je ne m'intégrais pas je me suis cassé et je ne l'ai jamais revue. Il n'y a pas plus vilain que la misère. Dans un centre pour sans-abris où j'ai par la suite trouvé un nouvel emploi, j'ai vu comment cela se passait. Il y a des contrôles. Personne ne sait vraiment comment cela se déroule, les gens imaginent, moi j'ai tout vu. J'ai vu et j'ai entendu. Au final j'ai vite compris que je travaillais pour une association nulle qui m'exploitait. Une sorte d'intérim pour cas social. Dis-toi que je portais un baudrier, vois-tu ce que c'est ? Un équipement de sécurité comme sur les chantiers mais le mien portait le nom de l'association écrit en gros dans le dos. J'étais un panneau publicitaire vivant. Quitte à faire de la pub j'ai voulu être payé plus. On ne m'a rien accordé donc je suis parti.

Ce parc, je l'aime parce que c'est un beau petit endroit où les gens respirent. Ce n'est pas comme en ville. Le soleil revient, les gens bougent et virent leurs fringues. A côté, moi je suis comme un bourricot. Ne note pas ça, c'est une expression familiale ! Bon comme tu veux. Je ne suis pas d'ici je viens de là-bas. Le Quatre-vingt treize c'est beau mais il paraît que ça craint. Foutaises ! Quand le soleil tape sur la banlieue, la vie s'anime ! Si un jour je lis un livre et que je vois cette histoire, je pourrais dire que ces mots-là, ils viennent de moi, n'est-ce pas ?

« Vous allez vraiment faire une histoire avec ces mots? »

REVOLTE

Si les opinions sont devenues aussi importantes
Et si les différences font désormais la mésentente
On découvre alors que l'humain a perdu l'essentiel
De tout ce qui lui faisait pousser des ailes

C'est encore le pouvoir qui divise les liens du sang
Les plus riches devraient alors être contents.
Car les bombes une fois qu'elles sont tombées
Nous font oublier tous ceux qu'on a aimés

A quoi bon envisager une telle éducation
Pour ne pas apprécier les gens tels qu'ils sont ?
Vouloir prôner un partage égoïste
Qui s'énumère lentement sur une triste liste

Il est vrai que l'argent rend heureux mais
Encore faut-il qu'il ne devienne pas un jeu
Même mieux qu'il nous appartienne
Le mérite attise bien moins la haine

A quoi sert de transmettre les bonnes manières
Si on les dénigre par derrière ?
Continuer à vivre dans la simplicité
Serait tant espéré et apprécié

A toi qui est monté trop haut sur ta planète
Accompagné d'une personne un peu trop bête
Peut être que se sentir fort c'est chouette
Mais ce sentiment il n'est présent que dans ta tête

Je te le dis
Là-haut l'air ne semble pas te réussir
Continue si cela t'amuse de tout détruire
Et si en bas certains encore préfèrent en rire
Pense bien que d'autres veulent se battre pour leur avenir

« Si seulement elle pouvait s'étendre. »

J'étais dans les Landes, nous voilà en été et je voyage dans le Sud Ouest. Je reviens des Férias et je voyageais en faisant du stop. Pour le moment je me repose pour réfléchir. J'ai une terrible envie de découvrir le monde. Mon seul pied-à-terre est un boulot que j'effectue deux à trois fois par semaine. Je l'ai commencé il y a deux ans. Je suis à la fois serveur et je pratique « téléconseiller ». Ce dernier est vraiment épuisant. Je peux recevoir jusqu'à deux cents appels par jours et les gens ne sont pas toujours de bonne humeur !

Ce que je lis en ce moment c'est « *Dans les forêts de Sibérie* » de Sylvain Tesson. Un très bon livre, le connais-tu ? Il y raconte chacune de ses journées, c'est comme un journal regarde. Ce gars-là, il est seul et il cherche le meilleur moyen de vivre sans contrainte. Je suis passionné par sa vision des choses.

J'ai déjà visité l'Italie, l'Angleterre, l'Espagne et le Portugal. Mon prochain objectif c'est le Japon. Quand le stop ne suffit pas, je voyage en avion, d'où l'intérêt de travailler quelquefois. Je ne veux pas m'user toute ma vie. A s'abîmer le corps et l'esprit pour des gens gradés. Je suis fait pour les rencontres et visiblement toi aussi. L'autre jour, un couple de personnes âgées m'a pris en stop de Dax à Bordeaux alors qu'ils n'y allaient même pas ! Ils m'ont, sans le savoir, conforté dans ce choix de vie. Ils étaient tellement gentils et généreux. En vérité, je n'ai eu que des gens sympas sur mes trajets. Au début, quand je me suis lancé dans cette aventure, j'avais peur et je n'osais pas. Et puis à force je prenais confiance. C'est rare que je sois en ville car j'y étouffe vite. Que fais-tu dans la vie ? A part écouter et écrire un livre ? En fait tu sais quoi ? Je déteste finir un livre, celui que j'ai en main me plaît tellement que je suis partagé entre l'envie d'arrêter un moment et de le dévorer. Cet homme m'impressionne. Je peux m'imaginer à sa place dans mes rêves les plus lointains. Si j'arrivais à parcourir la Terre, je n'en parlerais pas. Non, je garderais tout pour moi. Sinon les gens comme moi se suffiront à rêver mes actes et non à vivre les leurs.

« Et moi, puis-je encore espérer parler de toi ? »

SOUVENIRS D'AMOUREUX

J'ai un mari qui fait les poubelles plusieurs fois par semaine. Ce matin encore il a ramené trois jeans, deux mugs et six tasses. Et moi je n'aime pas cela. Il collectionne aussi les timbres et les lettres. Surtout à la mi-saison quand il fait moins chaud. Ensuite il va au marché du quartier et fait du troc. Il prend aussi des photos tout le temps avec son téléphone portable. Il aime photographier les vitrines commerciales dans lesquelles se reflètent les bâtiments et les gens qui passent. Regardez les, elles sont spéciales n'est-ce pas ? Je dirais que j'ai un mari original. Passionné d'art. Je suis un peu jalouse parce que depuis peu nous avons Internet et qu'il a plein d'amis sur les réseaux sociaux, il passe moins de temps avec moi. Internet de mon côté je ne m'y fais pas. Les vrais amis sont toujours ceux à qui on serre la main.

Je suis venu pour la première fois dans ce parc à l'âge de huit ans. Là je me sens bien, nous visitons Bordeaux avec ma femme. On n'y vit plus depuis longtemps, nous ne sommes plus de la région. La campagne nous appelle vous savez, la vieillesse aussi. Avant la retraite j'étais agriculteur et ma femme aide-soignante. Nous nous sommes mariés à l'âge de quarante ans. C'est tard pour avoir des enfants croyez-moi. Nous sommes là pour eux, on vient voir notre fils. Avec lui, nous aimerions faire mieux que l'an dernier. Il a trente-quatre ans et m'appelle toujours son « vieux papa ». Ce qui me fait un peu sourire évidemment. Je pourrais être son grand-père. Nous avons aussi une fille qui est handicapée. Je ne saurais le dire autrement. Quand il devient réel, ce mot n'est plus une insulte. Elle est débrouillarde, nous sommes chanceux. Ne vous mariez pas trop tard, c'est un conseil, sinon il y a des complications. Dans la famille nous sommes des durs, nous défions les années qui défilent. Pour vous dire, mon père est décédé à l'âge de cent huit ans ! Vers la fin, il était devenu tout maigre et avait fait une mauvaise chute en se cassant deux fois le col du fémur. A cela s'est ajoutée une bronchite alors là, il a été achevé ! Quant à ma mère, elle fête aujourd'hui ses 100 ans !

A côté de ça, nous adorons le camping sauvage. Nous avons un camping-car garé pas loin. On adore profiter des nuits sur les parkings des villages isolés. Éclairés par la faible lumière des lampadaires. Notre vie de couple se nourrit de ces sensations perpétuelles. Je me souviens encore de toutes ces nuits à deux parfois au milieu d'un champ ou près d'un point d'eau. C'était attendrissant et beau. Je dirais que nous avons eu une jeunesse à parcourir les routes d'Europe. C'est peut-être pour cela que ma femme et moi avons tardivement passé la bague au doigt. Sacrée époque. Nous avions une notion du temps contraire à celle d'aujourd'hui. Un élan de la vie sans argent mais en ayant confiance en nous. Que dire de plus, rien de nouveau, aujourd'hui chacun court après l'argent mais est incapable d'en faire bon usage. Si je devais acheter quelque chose, se serait un bateau pour dépasser la limite des routes. Il est vieux notre camping-car, il a fait son époque. Usé jusqu'à la carcasse ! Bientôt si notre santé le permet! D'ailleurs je crois qu'il est l'heure d'y aller, si je me souviens bien, j'ai dépassé l'horaire de l'étiquette posée sur le tableau de bord. Un papier jaune sur le pare brise de ma destinée me rendrait vraiment fâché ! Allez au revoir !

« J'aimerais tant tenir l'encre comme vous. »

MES YEUX

Mes yeux ont leur propre couleur et traduisent l'intensité de nos communes valeurs. Ils me permettent de voir le monde à ma manière même si ce que je perçois ne me plaît guère. Mes yeux sont vecteurs de regards puissants, que j'envoie à autrui avec plein de ressentiment. Laissant place à mes émotions, mes yeux sont à manier avec précaution. Car il arrive que malgré nous, ils traduisent des intentions, des plus gaies aux plus douloureuses. Parfois celles que l'on ne contrôle pas peuvent ouvrir à des relations amoureuses. Tout autant que mon regard dévoile mes erreurs et mon intégrité, il montre aussi le besoin de rupture à l'être aimé ou bien l'incompréhension dans laquelle je suis logé.

Mes yeux ne me sont pas toujours fidèles. Certaines fois, ils se bloquent et la vie semble moins belle. Alors je m'engage à en prendre soin pour éviter qu'ils ne m'échappent du jour au lendemain. Quand je suis anesthésié, je dépose mes lunettes sur l'arête. Alors je perçois des milliards de choses pendant des heures, jusqu'au coucher. Je ne me lasse pas d'observer et d'apprécier. Savez-vous que sous chaque visage se cache une émotion ? Qu'entre chaque ligne se glisse une opinion ? Et lorsque les médias braillent à n'en plus finir des tortures perpétuelles, je glisse du coton dans mes oreilles.

J'estime que la vérité n'est pas celle que j'entends mais elle devient mienne dès lors qu'après l'avoir vue, je décide d'en faire ma marraine.

« Avoir sa vérité, c'est se renseigner et conclure par soi-même. »

L'ADOLESCENCE

Après ça, je suis devenu la personne à qui vous parlez aujourd'hui. J'ai enseigné l'anglais toute ma vie. J'ai toujours été mauvais en science alors j'ai opté pour le monde littéraire très tôt. J'ai vécu au Maroc à la frontière algéro-marocaine. j'avais trois ans, mes parents étaient des voyageurs dans l'âme. Alors je les suivais en étudiant un peu partout. Au lycée, j'ai connu la célébration des colonies. Je comprenais les choses trop tôt pour mon âge. L'adolescence est une effervescence qui se suffit à elle-même, nul besoin d'en rajouter. Je suis parti de mon plein gré d'une famille trop couveuse pour l'Angleterre. J'ai fait le grand saut en vérité. Si je devais parler anglais aujourd'hui, je me sentirais bien pauvre. L'enseignement s'est arrêté à ma retraite.

J'ai passé le CAPES à la fois à Londres et à Paris. J'ai rencontré ma femme à vingt-deux ans. Elle en avait dix-neuf. Nous nous sommes mariés et une fille est née alors que nous étions encore si jeunes. Elle fut surnommée le « Fruit de la passion ». Malheureusement j'ai dû partir pour le service militaire en pleine guerre d'Algérie. C'était en 1954. Pendant vingt mois j'étais équipé et porter une arme ne rend pas malicieux. Pourtant je m'estime heureux, il y en a qui sont restés plus longtemps fringués ainsi. Allez savoir pourquoi, après ce « service », ils m'ont proposé ou plutôt forcé à rentrer dans l'armée de l'air. Précisément à l'école des sous officiers. Mais moi, j'étais contre cette guerre d'Algérie! En m'étant exprimé, j'ai écopé de quinze jours de prison. Je ne suis pas parti en Algérie, non ! Je ne voulais pas tirer sur des personnes se battant pour leur pays. Ma fille a fait ses premiers pas sans moi alors, à mon retour, un an plus tard, nous avons eu un fils. Je ne les ai plus quittés du regard jusqu'à leur départ. J'ai obtenu un travail dans le lycée municipal et une vie relativement calme. Ma femme est morte aujourd'hui. J'en ai les yeux qui brillent en y repensant. Le Bon Dieu me l'a prise avec sérénité. Mes enfants ne viennent pas me voir souvent, il paraît que je suis vite ennuyeux. Si je les écoutais, je deviendrais aigri mais il est hors de question que je m'enterre avant l'heure.

Pour me tenir en forme, je marche tous les jours c'est important ! Oubliées les randonnées, maintenant j'ai mal aux jambes, j'avance de cinq cents mètres maximum avant de me reposer. La vieillesse me rappelle à l'ordre sans cesse. Me promener est devenu une corvée, je ne peux plus batifoler. L'arthrose me fait mal, elle brûle tout mon corps à petit feu. Voyez cela, je ne vous raconte que des choses tristes. Cela me fait quelque chose au cœur de vous en parler.

« Et voyez comme je boite. »

Cette enfant sur la photo, c'est bien moi à neuf ans. Je me trouve à côté d'un vélo recouvert de fleurs en crépon. C'est maman qui avait fait cette décoration pour le concours des vélos fleuris du village. Je porte un short rose et un t-shirt blanc. Je me souviens qu'à ce concours, j'étais arrivée troisième. C'était à la limite de la chute du podium! Regardez, sur cette autre photo, maman me porte dans ses bras, je suis un bébé de deux mois. Elle sourit mais moi j'ai plutôt les yeux grands ouverts et semble étonnée d'être venue au monde. Ce que je porte, c'est elle qui l'a fait. Maman est couturière de formation et retouche des vêtements dans un atelier. Elle me tricotait toujours des pulls très épais devant la télé. Ils étaient ornés de divers animaux colorés qui sautaient et souriaient.

J'ai cette photo avec mon père aussi. Nous étions dans la cuisine blanche, vieillie par le temps. Je devais avoir trois ans. Ensemble, on jouait à frotter nos nez l'un contre l'autre. J'ai d'autres photos avec mon père, notamment celle où il me porte dans ses bras à mon baptême. Je n'avais pas de cheveux mais une jolie tenue verte. A l'époque papa avait une moustache.

Un jour, maman est rentrée dans ma chambre et m'a proposé de prendre plein de photos d'elle et moi. Je me souviens très bien de ce jour-là, car cette activité n'avait en réalité aucun sens. Je ne sais plus qui tenait l'appareil mais les photos sont belles. Nous sommes assises sur mon lit, derrière je reconnais le papier peint de ma chambre. Elle porte un pull blanc et je suis habillée en noir. Ma mère pince un sourire et moi, je ferme la bouche. Ma main est posée sur la sienne mais je ne la serre pas. Je l'effleure seulement avec trois petits doigts. Sur sa main, je vois l'alliance qu'elle a enlevée en quittant papa. Je suis une enfant des années deux mille que les divorces n'épargnent pas.

La dernière photo me semble totalement étrangère. Bébé depuis quatre mois ; à en croire la date inscrite derrière, je porte une couche et deux mains entourent mon ventre. Je lance un regard noir qui semble inquiet et apeuré. J'ai sans doute froid ou mal quelque part. Ce que je vais dire va peut être vous choquer, mais quand je vois cette image, j'aurais préféré ne jamais exister. Comment et pourquoi s'occuper d'un enfant que l'on abandonnera à sa manière après ? On m'apprend à porter moi-même ce bébé mais moi j'ai sincèrement envie d'oublier l'enfant vivant et né. Bien sûr, c'est impossible. Je crois que je n'ai jamais accepté de venir au monde. Ma mère me raconta un jour ma naissance. Je suis née par césarienne et elle, a failli mourir. Elle se souvient avoir vu un tunnel puis des tuyaux m'entourant loin d'elle. Sortie d'ici et de l'au delà, la vie commence et s'évertuer à la comprendre est un stratagème bien complexe. Si les événements apparaissent et se suivent, sans se ressembler, c'est sans doute pour que de notre vie on en prenne conscience. Quand les photos de famille ne servent plus à apprécier ce qui se trouve derrière, à quoi bon les cultiver ? J'espère un jour pouvoir les regarder sans pleurer. J'ai choisi ces photos pour l'impact émotionnel qu'elles ont sur moi.

J'ai vingt-cinq ans et le passé, une fois compris, m'a réellement lâché la grappe. Il était temps.

« Il paraîtrait que l'âge adulte rend vivant. »

TANGO

Allez, réveille-moi et chante-moi un air ! Regarde-moi de tes beaux yeux gris clair et fais-moi oublier qu'on s'envoie en l'air. Ce que tu penses, je n'en n'ai rien à faire. Mes papillons au ventre ne te sont pas destinés, ils sont mes angoisses, ma peur de ne pas être aimée, une envie de vengeance rendant mon entrejambe affamé. Tu es un corps vieux, poilu, chauve, maigre et sans bosse. Je te vois creux, chevelu, petit avec ce même rôle que tu endosses. Il arrive que tu aies des formes, appréciées ou pratiques, moelleuses, absentes, tenaces et authentiques. Une relation furtive aux odeurs sur l'oreiller sur lequel j'adore glisser mon visage entier. Un souvenir délicat d'un partage si convoité, dont chacun de nous un jour a le secret. Je préfère parfois être accompagnée plutôt que de songer à être aimée. Parler de sexe et non d'amour, endosser un rôle tour à tour. Arrivera-t-il l'amour si personnel? Naturel et simple sans abus, on en profitera, pour alors accoucher d'un plein de tendresse qui nourrit une relation évoluant sans cesse. Ne t'empresse pas de me répondre et écoute-moi. Au fond il persiste un manque quand je suis chez moi. Indécelable, je le cache sous la gratitude. Pourtant je sais très bien que je fuis cette solitude. Au travers de dégustations célibataires, j'oublie alors ce regret du passé refusant de prendre l'air.

Celui qui m'a transmis en premier ce message a toujours posé, pour s'exprimer, son camouflage. C'est un homme comblé du bonheur de l'autre et toujours sensible à cet amour, le nôtre. Un être timide ne s'acharnant pas à crier sa vie sur tous les toits. L'ami, m'entends-tu ? A cet instant je le sais, la nature fait bien les choses quand on sait l'écouter. Grâce à toi j'attends patiemment sans rancune. L'inexplicable ne frappera pas de manière commune, non. L'amour sera un cadeau et un don inconnu, perçant mon cœur si fort que je ne comprendrai pas. On le vivra ce sentiment, comme un tango, sensuel et doux, montant crescendo, l'amour dans lequel on se jette confiant et fort jusqu'au prochain pas qui loupe sans effort. Violent mais d'une beauté que l'on ne redoutera pas, un sentiment pour lequel on dansera. Nous l'aimerons vraiment notre cocon car, enfin, l'amour vivra de son vrai nom, il sera béatitude et ne palliera plus à la solitude.

« La confiance en soi d'abord. »

CHAPITRE II

« Finalement en y pensant... »

JALOUSIE

Je suis jaloux, mais seulement un instant,
ainsi j'agis comme un enfant.
Je suis jaloux et parfois cela peut durer longtemps.

Je suis jaloux pour un tout et surtout pour rien,
j'attends que cela s'arrête mais en vain.

Je suis jaloux par hasard et sans surprise,
de ne pas encore savoir aimer juste assez pour vivre.

Je suis jaloux, malheureusement.

De l'amour je ne connais rien,
« je vais t'apprendre », m'a dit un jour mon lien.
Maintenant éperdue et lancée,
je refuse qu'il annonce la fin.

Je le suis intentionnellement,
je ne peux rien faire autrement.
D'ailleurs on me préserve
car je n'ai pas un coeur vaillant.

Je suis jaloux à l'occasion,
par petits traits, pour attirer,

je le suis sans sursis et je ne peux pas l'oublier.

Je comprends mais je n'y arrive pas,

j'étouffe quand personne n'est là.

Jaloux trop vite, je bats de l'aile.

Je suis jaloux car j'ai peur d'elles.

Je ne crie pas, je me renferme.

La jalousie ne m'écoute pas,

je crois qu'elle est comme moi,

elle a peur d'elle-même.

Je suis rongé de jalousie

et déteste tant les heureux fusionnels.

Ceux qui, sur leurs visages se montrent

forts et assurément faibles.

Jalousie moisie, de nature enfouie,

d'origine enfantine est devenue bêtise.

Jalousie pourrie, vieille depuis des siècles, jamais finie,

quoi qu'on en dise.

Né avec un gouffre cramoisi,

j'ai conscience qu'elle est une erreur.

Elle est devenue un système D

malléable à certaines heures.

La vilaine s'est installée dans mon cœur de pierre,

elle reste là,

perfide, prête à bondir pour prendre l'air.

Si génétique depuis l'enfance,

elle est sans doute père ou peut-être mère.

Jalousie tu ne parles pas, non, tu préfères te taire.

Ainsi tu nous forces à t'admettre.

Nous sommes pantins et tu joues avec nous

à n'en plus finir,

nous les gens aimant trop, parfois les pires.

Jalousie, si tu pouvais aller prendre l'air,

je pourrais vivre et puis promettre.

Je goûterais au risque

et je suis sûr que c'est plaisant,

jalousie s'il te plaît va-t'en.

Je suis jaloux non maladif,

je ne fais que vivre avec ce que les gens disent.

En vérité, je pense qu'ils n'ont pas compris

que la jalousie est une douce ennemie.

Chaque jour ils luttent pour ne plus penser,

pour échapper au risque de la belle réalité.

Dès lors qu'ils ont quelqu'un dans leurs bras,

il se passe ce que je vous raconte là.

Et du temps ils en perdent à continuer ainsi

alors que dans ce monde,

tout peut être vaincu avec des rêves et de l'envie.

« Je finirai affamé. »

QU'EST-CE QU'UN PIERRE ?

Quel que soit le chemin emprunté, on a peut-être aperçu un Pierre pas trop laid. Par le biais d'une amie qui l'a déjà emprunté, ou bien parce que de lui nous passions tout près. Pour voir un Pierre, il suffit de se glisser dans des coins sombres, dans des bars étranges. C'est par là-bas que l'on découvre qu'il n'est pas un ange. Et quand bien même nous serions trop timides pour oser l'aborder, il suffit d'un sourire pour qu'il se lie d'amour et d'amitié.

Près de lui installés, on se rend compte qu'un Pierre est bien ; mais il ne faut pas trop lui en demander, car c'est un sédentaire dans sa vie privée. Si de lui on s'occupe trop, un Pierre n'hésite pas à s'éloigner de ceux qu'il jugera trop idiots. On peut l'aimer mais on préférerait le détester. Ou peut-être juste profiter de ses bras et ses baisers. De toute manière, on l'aime ou on le déteste ; on part ou on reste. Aussi lourd qu'on puisse le trouver, il faut se faire à l'idée qu'en aucune façon on ne pourra le changer. Avis aux plus performants, appliquez-vous à apprécier son intelligence, devant laquelle il sera indispensable de baisser la tête, au risque de dévoiler ses propres carences.

Un Pierre, on s'y accroche sans comprendre et l'on s'enivre de ses rares gestes tendres. Ce que beaucoup peuvent apprécier, c'est qu'il est indispensable de le câliner. Car lui des câlins il n'en a jamais assez. Mais ne vous y méprenez pas, Pierre est sensible mais ne le montrera pas. Parce qu'un Pierre au fond a toujours peur qu'un jour l'on ne soit plus là.

Parole d'adepte, Madame, Monsieur, croyez-moi, vous verrez qu'avec le temps, un Pierre deviendra difficile à supporter. Et des questions telles que «Comment ai-je pu l'aimer ?» seront vos refrains préférés. Dès ce moment-là, tout deviendra détestable et l'on prendra doucement conscience qu'un Pierre ne parle pas car « parler cela ne sert à rien ». Tout comme se poser des questions inutiles et sans fin. On ne supportera plus son amour pour la nature animale et féminine. Car on l'oublie mais un Pierre aime tout autant les faisans bien garnis que les fesses des chaudes lapines ! Il s'arrangera toujours pour nous faire croire que l'on est fous et nous conduire à perdre nos ambitions. Ce Pierre dont nous sommes désormais un acquis, abandonnera doucement l'euphorie des premiers jours pour nous montrer qu'il veut être notre fardeau pour toujours. Par amour et sans volonté, chacun y négligera son humanité. Et de ce fait le Pierre te rappellera que tu es rabaissé. Il pourra aller jusqu'à te cogner, te faire mal afin de te faire comprendre que c'est bien toi son animal. En quelques mois, il te brisera tes envies et tes rêves. Un Pierre te fera mal, te rendra fou et voudra que tu crèves ! Il emprisonnera les plus rêveurs.

N'oubliez jamais qu'un Pierre peut vous voler votre bonheur.

Pour tous ceux qui ont connu un Pierre qu'ils aiment ou qu'ils ont sincèrement aimé ; qui les attire ou les a attirés sans se l'expliquer : partez tant qu'il est encore temps. Et si cela n'est pas fait, sachez que vous êtes acteurs de votre libération. Un Pierre est un être renfermé qui ne mérite pas l'ouverture d'esprit et le respect que vous représentez. Au final on a tous eu ou l'on a encore un Pierre que l'on porte mais que vraiment l'on déteste. On a tous un Pierre à qui on doit beaucoup. Car de lui et de ses modèles, nous savons désormais qu'ils sont fous.

« Toutes les personnes victimes de manipulateurs devraient savoir fuir. »

TRANQUILLITÉ

Ce matin d'hiver était beau et parfait. La pluie s'écoulait devant mes yeux et le clapotis des gouttes sur la vitre m'apaisait. De ma fenêtre je voyais que le vent transformait le paysage. J'observais les gens qui luttaient sous la tornade, de nombreux parapluies se retournaient. Les voitures ne cessaient d'exploser les flaques d'eau qui bouillonnaient au bord des trottoirs. Et je souriais car tout ce fracas n'était pas à moi ce matin. Je restais confortablement installée, un bol de thé chaud dans les mains, écoutant de la musique douce.

Par la suite, je m'habillais progressivement en chantonnant des refrains que je connaissais bien. Je vivais une matinée bien-être et dehors, la pluie qui était devenue orage ne m'avait pas dérangée. Les fleurs de mon balcon luttaient avec ardeur pour ne pas être arrachées. Je voyais les éclairs traverser le ciel, ils étaient beaux et terrifiants à la fois. Je les avais entendus gronder et mon ventre s'était mis à gargouiller. Les pétales de maïs au miel pétillaient dans le lait comme d'habitude, je les écoutais avant de les manger. En ayant pris le temps de m'asseoir et de déposer un plaid sur mes genoux, je commençais à manger. Observatrice, attentive aux moindres bruits, aux moindres mouvements, je me disais que le gris de la pluie était beau et que le goût du miel était savoureux.

Aujourd'hui je suis à la plage avec un homme. On part bronzer, se baigner et faire du bateau. Nous nous asseyons sur le sable chaud et c'est très agréable. Je pense alors en cachette qu'il serait bon de vivre cela tous les jours. Pour l'impressionner, je fais la roue mais je tombe et il rit. Je ne savais pas que l'on pouvait gentiment rire de ces choses-là. Ensemble nous montons sur le bateau et la balade dans l'invisible est merveilleuse. Aux abords du port en descendant, je cueille des fleurs pour décorer mes cheveux. Je ne savais pas que de simples jolies choses pouvaient embellir la vie. Nous parlons sur le ponton jusqu'au matin. J'ai du sable entre les doigts de pieds et les cheveux asséchés. J'observe les vagues, les mouettes parlent. L'odeur de l'iode est savoureuse.

Demain nous irons sur une plaine d'Irlande. C'est moi qui le déciderai. La verdure donnera envie de se déchausser. Là-bas il n'y aura pas de déchets. Les moutons nous regarderont et n'auront pas peur. Je goûterai l'herbe et elle sera bonne. J'aurai envie de monter plus haut, là où personne n'est encore jamais allé. On courra, on se poursuivra, on se chamaillera et on grandira. Là-haut, les bras écartés, l'air entrera et sortira en moi. Le vent fort poussera mes bras toujours plus en arrière. Qu'importe je ne les retiendrai pas. Jamais je ne saurai à quoi je ressemble. J'ignore où nous irons après et c'est justement ce qui va me plaire. Je suivrai un but inconnu accompagné par n'importe qui. Mes pieds caresseront l'herbe mouillée et mes bras garderont sur eux des branches et des feuilles. Je les glisserai dans mes cheveux trop lourds pour les garder éternellement. Il me demandera :

« On reste ou bien allons-nous où l'on ne sait pas ?

— Là où l'on ne sait rien, je veux aller là où l'on ne sait rien. »

Alors une fois de plus, il me sourira et je penserai que c'est merveilleux de pouvoir autant sourire. Puis il se mettra à pleuvoir, parce que je l'aurai décidé. Et je laisserai l'eau couler sur mon visage. J'aurai envie de plonger tout à coup, pour découvrir des endroits calmes au milieu d'un lac en tempête. Je découvrirai une multitude de couleurs dont j'ignorais l'existence. J'apprendrai que la nature nous parle et je l'écouterai. Elle me dira de belles choses qui me donneront envie de l'embrasser. Alors je foncerai déposer des baisers puissants, pour tout vous dire, je ne saurai pas avant d'avoir parcouru l'Irlande qu'aimer ainsi était possible.

« Un jour j'irai seule à l'aéroport prendre le premier avion pour l'inconnu. »

RENCONTRE REALISTE

Ce que j'attends de toi n'a rien de trop amical ni de trop romantique. Pas même d'intimidant. J'aimerais simplement que nous poursuivions cette découverte de l'un et l'autre qui s'est mise en place toute seule. Que se soit beau ou chaotique, j'attends de toi que tu m'aides à ne plus trop y réfléchir. Je reste persuadée que certaines rencontres n'ont rien d'un hasard tellement les personnalités se complètent et se correspondent. Que ce soit pour s'aimer de toutes les manières ou pour engendrer des conflits internes. Ces mêmes conflits qui coupent parfois court aux belles intentions. J'apprécierais te ressentir bien plus sans que tu ne laisses de barrière. Et j'espère secrètement que cette phrase ne te lassera guère.

J'aimerais de toi que tu te laisses aller sans crainte. Mais surtout que les mots ne s'y acharnent pas. Afin que nos discussions prennent un non sens partagé, qu'elles atteignent ces silences si bien posés. Oui, j'acquiers peu à peu l'importance de nos rendez-vous sans paroles qui nous lient doucement vers une solitude à tour de rôle.

Tu m'as ouvert les portes de ton chez toi puisque l'on ne se connaissait pas. Et tout ce que j'y ai découvert m'a fait plaisir. Tes livres et ton nouveau vélo, tes dessins et tes écrits, tes repas et ton matelas, tes levers de soleil et tes cigarettes, tes films drôles et ta peur des femmes. Tes idées et tes pensées puis tes sourires et tes yeux baissés. Je t'avoue même que les moutons sous les meubles ne m'ont jamais dérangés. Tout comme parfois tes moments d'absence quand je te parlais.

Je me demande à ce sujet si tu as pris le temps, ne serait-ce qu'un court instant, de trouver une explication à notre rencontre. Je ne le cache pas, je me suis retrouvée en toi. Tu es à mes yeux ce que je ne suis pas encore. Et j'aimerais justement prendre le temps de devenir voyageuse, lectrice passionnée, rêveuse, créatrice acharnée, aimante et passionnée. Bien sûr que je suis déjà un peu comme ça. A la différence que j'ai pu découvrir qu'il est possible d'être tout cela à la fois, et ce, grâce à toi. Je n'attends pas de toi des questions sur notre relation. Mieux encore que tu ne lui donnes pas de nom. Laissant ainsi la place à l'imprévisible pour qu'il nous laisse courir ou nous endormir, qu'il rende l'amour si susceptible. J'aimerais de toi que tu comprennes qu'il me faudra du temps pour devenir patiente. Que les jours sont importants pour que je puisse faire ce merveilleux pas en avant. Sans te voir t'enfuir par peur d'être anéanti, ne construis pas de mur et sache que viendra le jour où je n'envisagerai plus l'amour à toute allure.

J'espère pour toi que ces quelques mots ne te feront pas peur et ne te perdront pas dans tes pensées. Personnellement j'attends de toi que tu les reçoives tels qu'ils ont été posés : simplement, avec émotion et spontanéité.

« Et je signerai Ginger »

C'est affligeant et cependant tellement intéressant. Le public ne sait pas, lui, il est dans son monde, perdu dans ses pensées. Pourtant elle est là cette beauté perfide, mon art. C'est comme prendre une photo sans la précision. Il y a un surplus de toi qui s'extériorise parfois presque comme un démon. Cette pratique fait partie de moi, tout comme le dessin, je ne peux m'en défaire. C'est un peu comme parler de celle que l'on a aimée. Tu te retrouves entre le fait d'en avoir rien à faire et de trouver cela si beau. Quelqu'un me l'a déjà dit. Tout l'art du dessin est là, sous mes yeux, comme une photo qui prend du temps.

Chez moi, c'est de famille : de grand-père en père et fils. Tu as un regard, disait ma mère. Mais je ne le savais pas. D'ailleurs je ne sais pas tout court ce que j'ai ni même parfois qui je suis. Fasciné par ce que l'humain apporte, j'ai un don involontaire et mystérieux. Et me voilà, invisible d'Aulnay à Paris. Personne ne s'intéresse à personne. Mais moi je perçois auprès des autres des perles de beauté subjective. Oui c'est malgré tout une atteinte à la vie privée. Je le sais mais je m'en moque. Et si je leur demandais, auraient-elles envie de s'ouvrir ? D'ailleurs pourquoi sont-elles assises là ? Ont-elles envie de découvrir le monde, de se faire surprendre ? La vérité c'est qu'elles me semblent se dispenser de tout cela, ensevelies sous leur symétrie et leur splendeur.

Un seul problème peut régir nos vies, tels des noms que l'on se donne. Le dessin, ce portail, cette pratique comme une autre qui vient en dehors de la pensée, comme autre que soi. Pourquoi fait-on des choses sans y penser ? Une émotion qui submerge ? Un rappel au passé ? Une gifle que l'on se donne, oui! Une propre solitude et ces pensées solidaires sont équivalentes à un point de vue global. Tout le monde a quelque chose, ainsi naissent les rencontres par intérêt. Le degré de fragilité est la clé. A combien est le tien? Va-t-il seulement changer, évoluer?

Je sais moi très précisément que l'on ne se connaît pas soi-même, on n'a de cesse de se découvrir et l'on réagit parce qu'on est humain et vivant ! Nous sommes vivants à n'en plus finir d'apprendre et de créer. Allant jusqu'à dénoncer! Tout le monde vit, réagit et crée ! Ainsi j'arrive, en ayant juste pris en compte ce que mon regard m'a offert. Et c'est comme cela chaque jour quand s'ouvrent en grand devant moi les portes du RER.

« Je prends les gens en photo et me demande encore comment ils me regardent. »

AU DELÀ DES MURS

À la maison Saint Lucien il y a un parc avec de beaux sapins, dans lequel on se balade le matin en attendant l'heure de la faim. On s'y voit en pyjama, les cheveux en bataille et si l'un baille, on peut voir ses amygdales en détail.

Chaque matin un homme s'empresse de récupérer le journal, à l'aurore il est debout, le pauvre il dort mal. Mais ici se lever tôt est devenu capital pour voir le médecin trop matinal. Manger ici n'est pas abominable mais c'est meilleur à la maison. C'est rarement chimique, pourtant ce n'est pas très bon. D'ailleurs on se demande comment est la cuisinière, certains l'imaginent avec un beau derrière.

À la maison Saint Lucien, on attend que notre corps veuille bien accepter un traitement dont il a besoin. Mais guérir semble toujours trop loin. On sera bipolaire ou dépressif, parfois les deux c'est progressif.

Ici nous sommes jeunes et vieux, motivés, rabougris, voûtés ou toujours endormis. Ensemble on se moque mais c'est surtout un jeu sensible et gentil. Certaines personnes n'ont plus de dents, cela ne les empêche pas de parler pour autant. Mieux, ils en jouent et préfèrent en rire en racontant des blagues à n'en plus finir. Le soir, des cartes s'affolent sur une table où s'inviter est envisageable. On s'y charrie de temps en temps en attendant la nuit impatiemment.

À la maison Saint Lucien, on rit, on pleure de notre destin et l'on partage tous nos chagrins. Ceux d'hier, d'aujourd'hui et de demain. Certains seront en pyjama, à la mode ou d'autrefois, et raconteront leurs rêves et autres cauchemars remplis d'effroi.

Et quand arrive vingt-trois heures, il y en a un qui erre dans les couloirs. C'est un sacré manège à voir quand on l'observe à l'écart. Nous restons joyeux ici mais pour la plupart, il faudra encore attendre que le bonheur devienne plus qu'illusoire. Moins on en a, plus on sourit car ensemble ici, nous sommes guéris ! Ne serait-ce qu'un court instant, pour repousser la peur de plus en plus longtemps.

À la maison de l'acceptation, on oublie des fois qu'il existe des solutions, en thérapie rien n'est simple de toute façon. Quand tu es étiqueté, tu dois t'adapter et apprécier la vie avec ce qu'elle t'a donné. C'est à dire de l'aide et un arc en ciel de comprimés.

On en vient à sourire de notre état qui ne vit que de trop, c'est pénible, il reste et donne chaud au cerveau. Nous sommes l'un des nombreux résultats, de la vie inhumaine que l'humain il y a longtemps créa, pour toujours se fatiguer, se chercher et avancer dans les tracas. Et beaucoup de nos proches ne savent rien des sensations connues à faire tout ce chemin.

À la clinique Saint Lucien, on rit, on pleure, et on partage nos chagrins. Certains y décideront après coup de devenir écrivains. On sera bipolaire ou dépressif, parfois les deux c'est abusif, j'ai oublié ce que signifiait cognitif.

    « La voilà ta complainte des fragiles. »

Ne t'en fais pas si tu as perdu le premier jet de nos écrits. L'important ne s'y trouvait pas de toute manière. En quoi raconter l'histoire d'une vieille femme est si important? Je n'ai jamais estimé avoir plus de valeur qu'un autre être humain. Ce qui compte avant tout est ce que j'ai ressenti et accepté à ce moment précis de ma vie. Garde en mémoire ce que tu en as compris et n'en retranscris que l'essentiel. Exprime mes émotions et celles que toi même tu as ressenties. N'est-ce pas l'objectif de ton travail ?

J'estime avoir passé ma vie entourée de gens, liée à des proches. Serrée par certains hommes et aimée par d'autres. Je me suis attachée au quatrième. Ma belle, auprès de toi j'en suis venue à parler d'amour. Et le plus intime que je t'ai livré, je souhaite que tu le gardes pour toi. Que ces mots dont tu te souviens s'immiscent dans les profondeurs de ton cerveau, glissent dans tes tripes et t'amènent cette petite boule dans la gorge quand tu y repenseras.

J'ai connu l'amour, la colère, la haine, la rancœur, le pardon, la douleur psychique et profonde, l'expulsion et les regrets. Toutes ces émotions sur lesquelles il est si difficile de poser des mots, je les ai partagées avec mon mari. Tu connais l'histoire maintenant. Mais si ma belle, je sais que tu t'en souviens. Je sais aussi que tu as envie de la vivre à l'identique. Puisque c'est toi qui l'a imaginée. J'ai ainsi partagé ma vie et mes plus belles émotions avec cet homme. Il m'a apporté le confort et m'a empêché de me perdre dans mes cauchemars et mes ennuis. A mon âge, il m'importe peu de repenser à nos bêtises et multiples erreurs communes.

Je ne sais pas non plus quel autre humain t'a laissé cette phrase que tu m'as faite partager. Mais je pense qu'il ou elle a raison. On trouve chaussure à son pied, mais la chaussure s'use avec le temps. Parfois, il faut aller chez le cordonnier. Elle est drôle cette petite phrase, vraiment je l'aime beaucoup. Que ce soit pour réparer la chaussure trouée ou pour rajouter des talons compensés. Oui tu souris parce que tu vois ce que je veux dire. Nous ne sommes pas dupes toutes les deux. Nous avons su très tôt que la vie de couple réservait parfois des surprises. A ce propos, tu n'as jamais donné de nom à mon mari. Maintenant que tu écris, disons qu'il s'appelait Yves, comme ce grand-père qui te manque tant.

Ma belle, tu sais au fond que l'amour existe. Mais as-tu réellement conscience qu'il se transforme chaque jour, à chaque instant et selon chacun ? Il n'est pas seulement pour les couples amoureux. Sache que l'amour est l'affaire de tous. Je me suis dit un jour, et tu le sais aussi, qu'il faut parfois préférer un cœur trop serré à un cœur ouvert à tout et à tout le monde. Le premier a appris à se préserver, l'autre croit encore qu'il est bon pour l'esprit de se faire déchiqueter. Il est trop fragile. Change ta version désormais et préserve le tien. Autant que ton corps et ton esprit en entier. L'amour c'est prendre soin de soi sans avoir besoin de faire du mal à l'autre. D'ailleurs tu comprendras que tu es heureuse lorsque, sans inquiétude, tu te laisseras aller. Alors tu te refuseras naturellement à tromper la confiance que l'on t'a accordée. Cela s'appelle vivre sans avidité ma belle.

Dans nos nombreuses discussions, tu parlais d'enfant. Qu'en est-il pour toi ? Bien sûr tu n'en as pas encore mais ressens-tu cette puissance féminine qui bouillonne en ton ventre ? Cette envie de découvrir ce plaisir de donner la vie? Ainsi que cette difficulté à la protéger et à la préserver par la suite? J'aime te voir discuter avec des adultes qui partagent leurs différentes expériences et t'offrent leurs conseils. Mais là aussi, ne soit pas trop impatiente. Tu découvriras tout cela par toi-même tel que le destin te l'a écrit. D'ailleurs tu n'as jamais cherché à savoir si j'avais eu des enfants. Tant mieux, mon expérience est bien trop personnelle. Et tu ne peux pas encore l'écrire. Un jour viendra, je te le souhaite, où tu sauras y poser tes propres mots.

Ma belle, j'insiste, ne cherche pas à expliquer l'amour, c'est inutile. Le mieux est de ne pas y poser de mots mais essentiellement de le vivre. Crois en l'amour ma belle, ne plus y croire c'est périr. J'ai compris une chose te concernant pendant nos échanges. Tu penses seulement imaginer et créer. Mais au fond ma belle, sache que ce ne sont que des souvenirs enfouis. Tu crées l'imaginaire en parlant de ta vie. Et par tes écrits, je vois à quel point tu tiens à t'exprimer ainsi.

Comme certains autres participants invités de ton livre, je vais désormais partir. Mais heureuse d'avoir croisé tes pensées, je souhaite que ces quelques mots en touchent plus d'un. J'espère aussi que tu reliras cette histoire, et que tu repenseras à moi. Qu'importe l'endroit où je serai. Un dernier conseil ma belle. Laisse toi raconter les expériences de chacun mais n'y trouve pas tous tes repères car ils ne sont pas tous à ton image. Je te quitte pour de bon cette fois, n'oublie pas de prendre soin de toi. Et surtout Mabelle, prends tout ton temps pour grandir, être une enfant toute sa vie c'est vivre réellement.

« Être grand ne signifie pas arrêter d'apprendre. »

Chapitre III
On a toujours quelque chose à raconter.

PETIT CACHET

Allez petit cachet, laisse-toi avaler ! En poudre ou en comprimé, l'essentiel c'est que tu arrives par le gosier. Je ne t'ai jamais apprécié et pourtant ce soir, je vais t'embarquer car vois-tu, la vie tu m'aides à la supporter.

Les gens se moquent de moi car tu es celui qui me fait faire les cent pas. Ils ne me comprennent pas, pire ils s'inquiètent pour moi. Dans cet appartement où l'air ne se renouvelle pas, ne se renouvelle plus, j'ai l'impression que j'étouffe. J'ai cette envie pressante de mettre tous mes biens dans des cartons pour éviter qu'ils ne me bouffent. J'ai parfois peur quand je te prends, tu me fais vite tout oublier par moment et même le plus important. Par exemple hier, je ne me souviens pas m'être endormi, tu avais pris le pas sur mes insomnies. A cause de toi je deviens ce légume, cet être bien trop mou. Même sortir c'est perdu d'avance car de la force tu ne m'en donnes plus du tout.

Je suis rentré dans le rang de la maladie, où tu m'as accueilli en ami. Tu m'as dit qu'avec toi j'oublierais les soucis. Mais chaque journée je ressens le même refrain ; l'alcool ; les cigarettes ou les joints le chantent aussi très bien. Je voudrais petit cachet, cesser de penser que tu creuses un trou dans les porte-monnaies des affamés, de tous ceux qui ne se sentent pas assez aimés. Tu es soi-disant un sauveur, mais pour les fatigués de la vie tu es surtout devenu un moteur.

Le monde a peur des gens qui prennent des médicaments. Alors que chacun en avale beaucoup trop souvent. « Les antibiotiques, c'est pas automatique ». Et bien je ne sais pourquoi, mais avec toi cette phrase elle ne fonctionne pas. Car moi quand je suis allé parler de mon moral au médecin, c'est automatiquement qu'il t'a mis dans mes mains. Je sais ce que cela fait lorsqu'on abuse de toi. Tu nous rends complètement pantois, indisponible aux autres, irrecevable au monde.

Mais tu sais au fond de moi, ton effet je n'y crois pas. Je te vois et je culpabilise, je déteste cette société qui te commercialise. Sache que des gens de mon entourage tu en as piégés. Regarde ma mère par exemple ! Deux fois elle t'a exagéré ! Aujourd'hui elle ne te prend plus et pourtant sa vie est compliquée ! Qu'importe demain je te reprendrai, je repasserai du côté des drogués, des affamés, des mangeurs de cachets.

Petit cachet, ce soir, comme à chaque fois, tu va remplacer ce que je n'ai pas. Tu vas combler ce manque que je ressens chaque fois que je rentre chez moi. Et demain, quand le soleil sera levé, j'oublierai l'espace d'un instant ce que je suis réellement. Je parlerai aux inconnus et je penserai à des projets. Ainsi qu'aux affaires inutiles auxquelles on porte de l'intérêt. Je ne sais pas comment tu fonctionnes, seulement qu'il va être dur de changer la donne. Je ne comprends pas pourquoi ni comment je suis devenu ainsi et aujourd'hui j'ai des remords de t'avoir comme ami.

Petit cachet j'ai terminé, je vais t'avaler avant d'aller dormir pour clore cette journée. Demain, je ferai comme tous ces êtres humains. Je reprendrai mon quotidien, celui où soi-disant tout va bien. Je tiens à toi petit cachet parce que tu m'aides à me supporter. Mais au fond je le reconnais, supporter n'est pas vivre pour de vrai.

« Disons qu'ils vous les faut encore quelques années. »

LE PALPITANT

Le palpitant qu'est-ce que c'est ? C'est avoir peur tout en ressentant de la joie. A chaque situation va son « badaboum » rythmé au gré des proies et des soucis. Le palpitant se veut volontairement perceptible pour donner au porteur une sensation incompréhensible. De mes actions il est beau et de valeur. Lui, un arrache cœur ? Non un moteur ! Grâce à lui nous pouvons accepter ou refuser, nous résigner ou fermement nous s'opposer. Il est là pour nous rappeler nos choix afin de les contraindre si besoin. Il est amoureux de la bonne humeur. Ne plus l'écouter c'est perdre sa vérité et son honneur.

Il n'est pas simple cœur qui bat puisque jusque dans les veines il s'immisce. Il devient porte vers ce dont on ne se doute pas. Cet essaim d'abeilles grouille en moi, je souhaite qu'il me réveille devant toi, lui et eux ! Que je sache parler au devant des maux. Cette pulsion transversale jaillit, je vis, je crie, je parle et je suis ! Ainsi je palpite devant le vide et l'honneur, la joie et la douleur. Devant ceux que j'aime et que je rencontre, je tambourine quand je cours même après l'heure. Ne t'en fais pas je ne crains rien, j'ai l'habitude. Je ne vacille pas je scintille ! Si quelques fois je le surcharge c'est pour mieux entendre sa musique, des percussions rapides et limpides qui font trembler avant de m'emporter ! Le palpitant aime la rythmique.

Au grand dam qui me suit ! Le palpitant ne deviendra mon ennemi qu'une fois emporté par la maladie. Ce croustillant corporel qui n'en fait qu'à sa tête reste à ma vie l'essentiel autant que les courants d'airs.

« L'adrénaline part en fumée. »

LA TORTUE

Cette cigarette ne sera pas la dernière, qu'espérez-vous ? Elle me détend. Alors évidemment c'est dégueulasse surtout quand on s'y attelle à vingt ans. Mais comme je m'en convaincs souvent, la seule chose qui pourrait me tuer serait de ne plus pratiquer ma passion, la danse. En clair, la cigarette ne m'empêche pas de danser donc elle ne m'empêche pas de vivre. Je peux vous parler d'amour, c'est un peu classique de nos jours mais rien ne m'empêche de vous raconter un morceau de mon parcours.

En ce moment il a cinquante-quatre ans. Je vois vos yeux écarquillés mais vous savez j'aurais presque pu faire plus vieux ! Cela me fait rire d'ailleurs ! J'ai fait plus jeune aussi, en pleine adolescence. Il avait vingt-six ans la première fois. Il était très amoureux et riche, très riche. Mais trop amoureux à mon goût alors j'ai dû m'en séparer. En général vous savez, j'aime que l'on me regarde, que l'on me courtise et que l'on me désire. Mais je ne veux pas que ce soit n'importe qui. Faut que ce soit beau ou attachant quand même.

Donc à l'adolescence, vingt-six m'a fait perdre ma virginité et tout s'est accéléré. Les nouvelles expériences devenaient le fondement de toute nouvelle rencontre, et j'en oubliais les bases si peu précises de l'amour. Pour moi, il ne pouvait pas y en avoir. Pour invoquer l'animal j'ai toujours su mettre mon corps en valeur même s'il y a beaucoup de parties de lui que je n'aimais pas. Par exemple aujourd'hui encore je déteste mes seins, le saviez-vous? J'en ai trop. Ils ne sont pas pratiques et ils donnent mal au dos. Mais mon premier amour fidèle reste ma danse. Elle est venue il y a longtemps et je la fais vivre partout. Chez moi au milieu des meubles, en ville, sur scène, sous la pluie et dans mon bain. Longuement je l'ai testée en boîte de nuit. J'écumais ces coins sombres et redoutables à la recherche de la transe parfaite à coup d'alcool et de cigarettes. Je ris encore quand je repense à tous ces poivrots qui me regardaient danser avec leurs verres à la main et leurs sexes chauds. C'est par cette expérience que j'ai compris que l'humain pouvait parfois être profondément perdu et dégueulasse. Je n'étais pas une putain mais je fonctionnais avec des valeurs différentes c'est certain.

Je vous raconte ce passé d'il y a quelques années maintenant. Quand je vagabondais entre le sexe et mes parents. Moi l'amour à l'homme je n'y croyais pas car je ne l'avais pas encore perçu. Et comme je ne crois que ce que je vois c'est devenu compliqué pour moi. Les seuls aspects de l'amour que j'ai vu sont les pleurs, les plaintes, les chagrins et les médicaments. Bien sûr tout cela n'est pas charmant! Attention je ne suis pas devenue inhumaine pour autant. Je voulais donner de l'amour à qui souhaitait bien le prendre mais je me méfiais bien trop pour me lancer. Ma valeur sûre a toujours été de donner mon amour à mon art. Celui-ci n'a jamais été égoïste et ne prend que les défauts que je lui prête. Grâce à lui j'ai découvert que l'amour pouvait être éternel.

Cependant, il s'avère encore aujourd'hui que chaque cours de danse est un supplice pour mon corps que je modèle comme moi seule en ai envie. Mes chorégraphies font souffrir mon corps car ce dernier reflète ma vie. Des fois je me donne des coups de poing au ventre, mes pieds râpent le sol avec insistance. Alors oui j'y vais un peu fort mais rassurez-vous j'adore. J'ai tout aussi souvent des bleus aux jambes quand je chute volontairement. J'oublie que mon corps souffre quand mon cerveau bouillonne d'idées et que l'inspiration est à la limite de l'insaisissable. Connaissez-vous cette sensation ? Avant, je souffrais un peu de ne pas avoir envie de comprendre et de suivre autrui. Avec ce besoin irrésistible d'être accompagnée. De s'élancer dans ce qui me semblait être un échec. Je me dis encore parfois que s'ils se sentent plus fort à deux c'est que seuls ils sont faibles. Minables, rien. Et d'un ridicule avec leurs « copains » et leurs « conjoints ». A l'époque je ne connaissais que les « amants », ceux de vingt-six à cinquante ans. Il y a de cela plus d'un an maintenant, j'ai rencontré ce que les plus communs appelleraient l'amour. Je l'ai découvert dans un bar moins sombre qu'à l'habitude, il a donc cinquante-quatre ans. En moins de temps qu'il n'en a fallu pour me l'avouer, il est devenu mon amant, mon amour et surtout mon parent. Le regard des gens sur notre différence d'âge nous est devenu complètement indifférent et leur compréhension agréable. Certains se questionnent encore et trouvent notre couple parfois arrogant. Je me dis qu'ils n'ont pas encore saisi la puissance de nos sentiments et les émotions qui les font vivre.

A ce jour je me dévoile pour vous avouer publiquement que cet homme-là remplace tout ce que je n'ai pas eu vraiment. Il complète ce qu'il y a en moi de plus puissant. Je peux affirmer aujourd'hui que je suis une humaine en béton armé et que ma danse provient de mes tripes. Je suis désormais une éternelle amoureuse de la danse et de cet homme si charmant.

J'oubliais une chose importante. Une question récurrente à laquelle j'aimerais mettre un terme. Certaines personnes se demandent encore ce qu'il en est des relations sexuelles entre une jeune femme de vingt-deux ans et son conjoint de cinquante-quatre ans. Pour ma part, je dirais que nous faisons l'amour. Et que cela vaut bien plus que toutes les parties de sexe pur dont j'étais l'actrice il y a cinq ans. Je vous dirais qu'à mes yeux faire l'amour à cet homme est fantastique. Mais aussi que l'essentiel de notre relation ne s'est jamais retrouvé dans le sexe. Et je l'espère ne s'y trouvera jamais. Ma vision des ébats humains est toute autre à présent. Et je souhaite du fond du cœur qu'entre lui et moi, cette alchimie dure éternellement. Sachez que je ne m'attache pas plus d'une vie généralement.

« Merci. »

Le mercredi 28 juin, je me suis décidée. Mon seul besoin était d'en parler. Mes amis ne répondant pas, j'ai pris le coup en plein ventre. Seule ma mère valida ma prise de courage. Elle l'a serrée entre ses deux mains et frottée vigoureusement. La première fois que je lui en ai parlé, sa voix a résonné très fort jusqu'à mes tempes. S'en sont suivies des bouffées de chaleur. Je lui ai dit que j'avais fait les démarches, qu'elle ne devait pas s'inquiéter. Cinq semaines, c'était plus qu'il n'en fallait.

Je souhaitais le cacher mais cela n'est pas si simple n'est-ce pas ? Ce besoin nocif de parler malgré moi. J'avais rendez-vous le vingt-quatre pour ingérer trois pilules le vingt-huit. Le résultat était désagréable, j'ai porté des couches pendant quatre jours. Je me demande encore aujourd'hui si les douleurs aux toilettes étaient normalement humaines. Je l'ai laissé couler en le sentant passer entre mes muscles gonflés. Puis comme une défécation, il s'en est allé dans le tourbillon sismique des toilettes. N'est-il pas le principal concerné de cette histoire ?

Couchée dans une chambre sentant les produits chimiques, j'ai passé de nombreux appels sans réponse. Un seul message résumant la situation m'offrit une solution. Le père était d'accord avec moi. J'avais fait le bon choix. Nous avions onze ans d'écart d'âge. Rien de concret entre nous mis à part le sang coulant au fond de ma culotte. Qu'à cela ne tienne, deux gélules et j'expulsai l'embryon à la maison.

Heureusement ma mère était là pour m'aider à chaque douleur au ventre, tout s'amplifiait et c'était pire que tout. J'imaginais pondre mon utérus. Une subite envie de mourir avait pointé son vilain doigt. J'avais tellement mal. Les médicaments ne me servaient plus à rien. Je devais juste souffrir sans relâche. Les heures passèrent jusqu'au moment du bain où l'eau bouillante devint rouge. On me parle de tout et de rien pour que je pense à autre chose, je n'écoute rien et je m'endors. Lorsque je me suis réveillée j'allais mieux, fatiguée et vidée d'un sang palpitant et combattant, je venais de perdre mon petit être volontairement.

Vous ne me demandez pas si j'aurais voulu le garder ? Après cet épisode, mes pensées s'allièrent en sa faveur. A qui aurait-il ressemblé ? Pourvu qu'il ait eu les cheveux du père, les miens sont affreux. Je ne voulais pas accoucher d'un rescapé. Des regrets ? Je n'en sais rien. Il paraît qu'on s'en mord les doigts toute sa vie. Tout cela n'était pas voulu et je ne reproche rien à mère nature. Dans mon cas elle n'a rien fait de mal. Je suis seulement allée à son encontre car j'en avais encore le choix. Oui son cœur battait ; on aurait pu l'entendre à l'échographie.

Mais je n'avais pas envie de tout cela. Quoi qu'on en dise, quelles que soient soit vos pensées, j'ai eu un courage nécessaire à ma vie.

« L'auriez-vous eu ? »

PAUVRE PIGEON

Dans le coin d'une ruelle un pigeon agonise, je le regarde et mon cœur se brise. Par ici, aujourd'hui, on parle toutes les langues, j'ai envie de vomir et mon corps tangue. Le pigeon a les deux ailes brisées et le ventre explosé, il a dû voler comme un boomerang. Les touristes ne le voient pas, pourtant moi je le contemple toujours. Dans ses yeux, je vois que tout ce vacarme le fatigue et qu'il a trop tourné autour. Puisque le vétérinaire n'est pas habilité à soigner ce pigeon plein d'humilité, par colère je décide d'écrire.

Ces pigeons si mignons qui se baladent et sautillent auprès de mamie gâteau qui est très gentille. Assise sur son banc elle les nourrit tous les matins avant de les laisser vivre quelques battements d'ailes plus loin. Alors que les touristes visitent les hauts lieux d'une ville qu'ils ne connaissent pas, j'erre en tourbillon ici où l'on bien voulu de moi. Sacré touriste sorti de sa bulle d'habitude, n'est-il pas bon de bousculer une fois par an ses aptitudes? On te donne de quoi becter, dans des magazines bien préparés, tout ce qui est beau à regarder et à payer. Tu penses découvrir une ville mais il n'en est rien, toutes ont une vie à chaque recoin. Nous les habitants le savons bien. Petit touriste, tu fais marcher une économie que nous ne faisons plus fonctionner car le maire a encore décidé d'augmenter les taxes des beaux quartiers. Ceux dans lesquels tu t'émerveilles et où l'on ne pourra jamais habiter. Et au milieu de tout ce cirque, mon pigeon semble critique.

***

Foule en délire, à trop courir
Pauvre Pigeon, touristes à fond

***

Ainsi tout le monde donne des miettes à des pigeons idiots, comme le chantait si bien Renaud. Ils les engraissent avec bonheur pour ensuite les traiter d'oiseaux de malheur. Gros pigeon, que c'est triste de se faire piéger en mangeant de la merde lancée par des gens, qui dans ce jeu se perdent. Car finalement plus tard ils te laissent toujours choir comme un débris sur le trottoir.
Mais ce pigeon est en fait bien plus qu'un oiseau dans cette histoire, quand dans une société salie d'argent et de pouvoir, nous faisons mine de ne pas les voir, les remplisseurs de rues marqués d'espoir.

***

Saleté de touriste, un homme triste
Pauvre pigeon mort dans l'agitation.

***

Ce n'est pas parce qu'un pigeon c'est dégueulasse qu'il faut éradiquer la race. D'accord parfois ils chient sur les bagnoles ou sur ta tête et ce n'est pas de bol. Mais enfin nous aussi on débecte le passé et tous ceux qui nous ont blessés. Les pigeons sont pénibles mais ils ne sont pas comme les cafards, ils ne viennent pas se glisser dans tes placards le soir.

Le pire dans l'histoire c'est que je suis un peu comme eux, je me barre en faisant semblant de ne rien voir. Laissant alors à l'abandon agoniser un gros pigeon. Je me sens comme tous ces gens dans la rue, tout d'un coup je suis un con tout nu. Nu d'humilité, serré et entraîné dans une foule qui, de la mort de mon pigeon, ne sait rien. Pour ma part, j'ai aussi retrouvé en voyageant dans les villes, autant de tueurs de pigeons que de lieux attrape-couillons. Il en est ainsi, lorsque j'ai vu ce pigeon en train de mourir au milieu d'une foule en délire, plutôt que d'en parler et d'en rire, j'ai ressenti de la colère et préféré écrire. La morale de cette histoire, c'est qu'il n'est pas bon de nos jours d'être un pigeon. On se fait attraper, manipuler et finalement laisser à l'abandon, pour cause d'une sale réputation.

***

Adieu touristes, journée trop triste
Pauvre Pigeon, monde de cons.

***

« *Les mouettes sont belles et honorées, les pigeons sont maudits et traqués.* »

L'EMBARDEE

Voici la raison pour laquelle, en ce début d'été, elle vide son porte-monnaie. Elle n'a encore pas fermé l'œil de la nuit et cela fait bien une semaine que ses insomnies la terrifient. Ses yeux ne cessent d'éclairer le noir de sa chambre et dans sa tête, les idées tourbillonnent. Un jour, alors que le soleil lève tout juste son chapeau, elle prend une belle et ambitieuse décision. Tout juste atteinte de la majorité et non de sa raison, elle remplit un sac de beaux vêtements et se dirige à la gare pour rejoindre ma civilisation. Elle rêve du futur, son objectif : la ville en vie. Laissant déferler le paysage sous ses yeux, elle est saisie par le laisser porter du train. Un engouement s'empare d'elle brusquement et la conduit au chemin des possibles.

Arrivée à destination, elle trouve rapidement un hôtel. Le cœur battant, confiante, elle se met en valeur. Il s'en suit une série de gestes rapides et peu précis, insatisfaite de son physique se changeant plusieurs fois, elle nettoie son corps. Bataillant frénétiquement avec ses vêtements, se ronge les ongles, marche dans cette chambre, s'allonge, d'un regard absent, tremblante, donne de généreux coups de crayon, parcourt sans cesse, brossant et tirant ses cheveux, acharnée, s'asperge de parfum, chante, taille ses jambes, douleurs à la poitrine, elle file ses collants. Orne ses oreilles, angoissée, vacillante dans la tête, chaussures inconfortables, masque la moindre imperfection, un oubli, poitrine valorisée, talons compensés, ne pas oublier, choisir le bon vêtement, cœur qui palpite, la poudre où est-elle, assoiffée, mange. Vêtements tachés, dessine ? sa bouche, profite du soleil, vernis à ongles débordant, pinces et bouffées de chaleur vite, vite, ne pas prendre de retard, frissons, cachets, non, rien plus tard, ne sait plus, l'oreiller, se décide. Précise encore ses traits, trébuche sur le mobilier, rêve, bientôt, pas là, sac à main, clefs, lapin, ne veux plus, lutte, cire ses chaussures, peur, enfin, pantalon, voilà, non plutôt enthousiasme, peut-être, ne sait plus, bientôt, ne veux pas être impatiente, cœur, sourire, se regarde, satisfaite pas encore, démasquer le visage, nettoyer, garder le bas, ranger, prendre cachet, le perdre sous le lit, griffer son épaule, peur, encore, chercher destination, trouver le temps long, pas encore, si peut être, ne sait pas, ne sait plus, épuisement tenace, toujours, file à toute allure... En l'observant attentivement, on peut constater qu'à l'approche de la transformation totale, elle danse.

Partie dans les rues se mélanger à la foule, elle s'émerveille devant des boutiques, entre dans certaines, jette des regards rapides aux monuments et à leurs pieds. Il fait beau et le vent chaud de la ville traverse les feuilles et se glisse dans les cheveux. Les voitures circulent à l'arrêt et les klaxons jouent. Elle s'assoit en terrasse se désaltérant d'alcools et d'images, fuit l'attente qui coûte que coûte lui donnait chaud. Ses lunettes de soleil glissent sur son nez mouillé et ses cernes se creusent un peu plus. La sueur commence à coller ses cheveux et ses vêtements à sa peau. Concentrée sur ses verres et sa coiffure, elle en oublie les disputes, ses choix et le prix payé pour retrouver cette fausse sérénité. Tout disparaît comme elle le demande. Elle reste assise là un moment, presque sereine.

L'heure arrive en retard. Quelques verres et promenades puis un restaurant avant de rejoindre l'hôtel en début de soirée. Quand la lune prend le pouvoir, la chambre s'anime. Elle vit de courbes et d'êtres abandonnés, de soupirs et de respirations saccadées, d'émotions brouillées mais vives, et de chaleur. La moquette grise supporte les tissus projetés quelques minutes plus tôt. La fenêtre calfeutrée ne laisse plus passer que la lumière pâle, laissant s'exprimer la détermination et le plaisir, la colère et le pardon, les regards puissants, l'admiration, les gestes fougueux et l'incompréhension. Tout, absolument tout se diffuse en elle. Quelques bribes encore de sentiments remplis d'échanges dans un épais brouillard d'émotions. Les parfums se mélangent, l'appât du gain est trouvé et le butin enfin récupéré.

Elle rouvre les yeux le lendemain et se sent étrange. Il lui faut quelques secondes et un coup d'œil à côté pour comprendre où elle se trouve. Elle fixe attentivement cet univers qui ne lui est pas parallèle. Elle voit alors le papier peint vieilli par le soleil dégarni, sent le tabac froid des mégots fumés la veille. Les draps sont souillés et la moquette gris sale lui brûle les pieds. Sa tête lui fait mal, lui donne des vertiges, ses jambes sont douloureuses, portent difficilement son poids.

Observant cet ensemble en panique, elle tente désespérément de retrouver la beauté, le bien-être et l'engouement d'hier. Elle ne ressent plus rien. Cœur implosant, esprit qui chante et corps dansant l'ont à nouveau quittée sans explication. Pour la cinquième fois en un an. Elle ne comprend pas, se sent perdue et mal à l'aise dans cet endroit trop étroit. Elle regarde à côté mon esprit encore satisfait, et ressent beaucoup de honte. Cherchant et ramassant maladroitement ses vêtements, elle se rhabille. Comme pour cacher un corps que de nouveau elle n'assume pas. Pour accuser le coup de ce spectacle, elle ouvre la fenêtre et allume une cigarette. Elle se met à observer une ville bruyante, métamorphosée sous une brume sale et malodorante. Les gens se fondent à l'intérieur, vaquent de rue en quai parfois en courant, discutent entre eux, rient, chantent, négocient.

De puissantes et bruyantes vibrations terrestres font trembler les murs et chanceler les immeubles à leurs passages. Un manège incessant dans une odeur de carbone. Elle a peur. A ce moment précis, plus rien ne l'intéresse.

A la mi-journée, pendant que le soleil bronze sans casquette, elle prend sa décision tout juste atteinte de la réalité et regroupe ses affaires pour le dernier retour. Emplie de déception et d'incompréhension, elle attend d'arriver chez elle, dans sa ville tranquille, sans moi. Elle regarde autour d'elle, attentive aux bruits et aux odeurs, aux machines et aux rôdeurs. Elle ne court plus, elle n'en a plus besoin. Elle file doucement au milieu de tous ces gens à la cadence infernale pour disparaître. Elle ne dit au revoir à personne, même pas à moi. Je suis l'homme à qui elle n'accorde aucune importance. L'absence de nouvelles pendant des mois, je suis habitué.

Cet après-midi si proche du début, elle reprend le train en fantôme. Soulagée elle retrouve cet agréable laissez-passer qui donne place à la liberté. Un sentiment espéré qui refroidit de peur et réchauffe d'espoir. Ce besoin tenace d'être libre qui s'appuie sur les erreurs entassées et les souvenirs abîmés. En prenant son temps, elle s'éloigne. Regardant défiler le paysage, emportant des conséquences peu concluantes, elle comprend que son corps est force et fragilité à la fois. Elle décide alors de laisser à la ville mon poids dont elle ne veut plus jamais. La nuit tombée, installée à la fenêtre de sa chambre, elle

observe le soleil se détendre, imagine alors sous l'ordre de
la lune, la beauté de ma ville.

« En l'aimant je ne l'ai jamais comprise. »

Hier, il eut cinquante ans et combien d'années encore ? Son ventre bedonnant changeait la donne, visiblement il n'avait plus la carrure d'une icône. Qu'importe, ce matin il sortit bombe en main revisiter son destin. Il quitta son domicile et fit quelques kilomètres pour rejoindre la ville. Il la traversa en longeant d'un pas décidé les murs et marcha sans réfléchir, pour écrire à la bombe de couleur rouge, le nombre trente sur des murs, des portes et des poteaux. C'était un samedi et à nouveau, il avait voulu s'exprimer. La peinture coulait vers le bas en formant d'onctueux traits qui, en séchant, se terminaient en des gouttes épaisses. Il aimait toujours cet effet et le travaillait souvent dans ses tableaux. La bombe qu'il tenait là, entre ses mains, c'était celle de la liberté et de sa renaissance. Elle représentait son envie de donner à voir et de parler de soi. La voilà la grande classe, pensa-t-il, cinquante ans dans le visage et trente ans d'âge d'art. L'aérosol touchait à sa fin, alors il décida, après hésitation, de signer un dernier nombre. Il le projeta avec énergie sur la porte de la galerie qui l'exposait autrefois. Ce qu'il avait graffé se voyait peu, mais il s'en moquait, il exprimait ici un remerciement éphémère. Il l'avait signé car peut-être, s'était-il dit, on se souviendrait de lui. Rassasié, il rentra en prenant soin de cacher son canon sous son sweat-shirt.

Quand il avait traversé le salon plus tôt ce matin là, ses pieds avaient rencontré les bombes vides de la veille qui s'étaient entrechoquées sur le parquet. Il avait ressenti la parfaite harmonie de la nuit passée et espérait qu'elle allait persister encore longtemps. Elle avait été parfaite, aucune tâche à l'horizon. Ses amis étaient partis tard. Et dire qu'ils étaient presque tous venus célébrer son anniversaire. Il avait regardé les murs que tout le monde avait signés en couleurs. Aucune pièce n'avait été oubliée. Il y avait eu des mots jusque dans les toilettes, des dessins quelque peu explicites qui prêtaient à sourire. Comme chaque début de journée, il avait poussé la porte de son atelier mais cette fois, il avait vu une toile déposée au centre de la pièce. Dessus était écrit : « Comment c'était il y a trente ans ? » Stupéfait, il s'était assis ne cessant d'observer cet intrus. Il avait fixé longuement le message. Devant la toile, une bombe de peinture rouge pleine avait été déposée. D'un coup sans en connaître la raison, il avait eu envie de verser des larmes. Mais dans sa famille on ne lui avait pas appris à pleurer. Alors il se contenta de comprendre ce qu'on attendait de lui. Le cœur battant face à l'objet, il avait enfilé un sweat-shirt et saisi son arme en main. Une envie emplie d'adrénaline l'avait soudainement envahi.

Ce qu'il avait débuté aux alentours de ses vingt ans, il ne cessait de s'en souvenir, ces moments-là sont inoubliables. Il avait découvert les pages blanches et les stylos à l'école, les cahiers aux grains affinés et la peinture au collège, en cours d'art plastique. Adolescent, il dessinait de longs moments dans sa chambre jusqu'à ce jour où on lui autorisa à peindre un mur de son village. Il l'orna d'une tête noire et d'une écriture illisible. De ce moment il lui reste une photo prise par son père qu'il garde précieusement. Son don se développait et grandissait tranquillement, ainsi il dessinait pendant les cours, sautait par dessus les murs pour que scintille la peinture et s'amusait à créer de nouvelles lettres sur des formats et des matières différentes. Il enrichissait son art à sa manière, au fil des rencontres et des années. Son succès, il le connut après ses dix ans d'armée. Il partit de chez lui à dix-huit ans sans aucun doute pour échapper à ses parents. Ses histoires de famille, il les connaissait par cœur. Pour survivre, il avait eu le besoin de respirer ailleurs.

Être militaire l'avait classé et forgé dans ses convictions. L'armée il s'en souvient encore plus intensément que la peinture sur les murs, quand sous ses yeux des innocents mouraient, lancés sur le bitume. Le bruit des explosifs avaient fini par toucher son cerveau. La nuit il disait voir des esprits traverser sa chambre et disait que des fantômes hantaient ses moindres repos. Il s'en était un long mois pensé fou. C'est ainsi qu'après une mission éprouvante, il avait démissionné. Il quitta les rangs comme il y était entré, sans cesser de dessiner et par volonté. Il en était revenu plus camouflé, maladroitement confiné sous une fine couche d'autorité. Il avait désormais en lui une certaine apathie mais elle lui fut bénéfique. Il travailla longuement dessus et peignit un tableau noir aux couches superposées et striées. Celui-ci devint une œuvre d'art vendue à un prix dépassant ses espérances, lors de sa première exposition. C'est à cet instant qu'il se comprit à l'apogée de ses envies et de son art.

Ainsi naquit son nom d'artiste, Ynox, comme l'acier inoxydable. Tel un homme qui, abîmé de son passé, se protège toujours. Résistant ainsi à la vie, assoiffé d'air pur, il se renouvelait sans cesse. A l'époque, il peignait les murs de La Rochelle, Bordeaux, Toulouse, Paris, allant jusqu'à New-York et Tokyo. De belles œuvres volontaires ou commandées, peintes sur des murs entiers et échangées par photos sur la toile. Son nom d'artiste fut signé en bas de créations proclamant ses opinions et son intimité. Pour ses expositions, il dessinait des personnages, écrivait des déclarations calfeutrées et se découvrit une envie de faire des portraits en noir et blanc à vingt-neuf ans. Il parlait de son art comme personne et pourtant dans la vie il n'était pas bavard. Chez lui, les explications n'étaient que trop peu importantes. Depuis hier, il a cinquante ans et vit dans sa ville natale, celle-ci lui ayant offert de belles possibilités. Désormais il exerce un métier de peintre en bâtiment, c'est confirmé, dans sa vie la peinture ne le quittera jamais. La passion non plus, elle est toujours en lui. Seuls les murs et les bombes se sont éloignés. Ynox avait conscience du temps et de son sens, dorénavant, il avait une femme et deux enfants. En ayant ainsi obtenu quelque part ce qu'il n'assouvissait plus ailleurs, le désir d'être père l'avait emporté sur l'œuvre éphémère. Il se disait que d'autres l'avaient remplacé, avec plus de carrure, de techniques et de nouvelles idées. Il avait mené son art au-delà de ses rêves. Qu'elle était belle et enivrante la notoriété! Toutes ces toiles colorées, ces travaux minutieux et acharnés, une vie dans les rues, de la joie sur les visages et des amis artistiquement repus. Dans sa vie, il avait aimé l'art et celui-ci l'avait adopté. Grâce à lui, il put se découvrir et s'apprivoiser en tant qu'adulte. Aujourd'hui il le sait, un artiste ne cesse jamais d'avoir des idées. La preuve étant que le matin et en soirée, Ynox fait danser les crayons et la peinture dans son atelier.

Alors comment c'était il y a trente ans ? Et bien il y a trente ans, un homme est devenu par magie un artiste qui lui-même, a vécu le rêve le plus important de sa vie. A cette pensée, il sourit et ses joues purent enfin accueillir des larmes de joie.

Ce même matin, au moment où il poussa la porte de son domicile, à l'autre bout de la ville, une femme âgée ouvrit les stores de la galerie d'art et maugréa en découvrant le nombre. La peinture avait séché en formant des points d'accroche sur le métal. Elle sera difficile à enlever. Elle s'empressa alors de prévenir la mairie pour qu'il l'aide à cacher cet émissaire. Il sonnait pourtant l'heure d'un moment de bonheur, dans l'ère cinquantenaire d'Ynox, mon frère.

« Mais je n'ai pas cinquante ans et je n'ai pas non plus de femme ! »

LETTRE A PART

Cette lettre est sûrement sans importance mais elle est écrite pour celles et ceux qui pensent. Je n'écris pas avec ardeur et ce n'est pas pour autant que j'ai peur, bien au contraire, pour la première fois je suis calme.

J'écris donc une lettre que tu ne liras pas puisque je ne te l'enverrai pas. Tu ne la comprendrais pas et selon moi, c'est tout à fait normal. C'est ici l'histoire d'une discussion insaisissable, je pense donc j'écris. Serait-il possible de donner sens à une lettre qui n'en a pas ? Dans ce cas que dire ! Parler est si difficile mais pour moi, écrire n'est guère mieux. L'encre que j'utilise se trouble et vacille, comme la vie, elle reste fragile.

Je suis en train d'écrire une lettre que je ne posterai pas. Parce que vois-tu le moment n'est pas venu je crois. Je pense qu'elle est sans fin ni tête et tant pis si cela t'embête. Après tout j'écris pour ne rien dire, parce que j'en ai envie et que tu pourrais sourire. Je t'écris sans envie et si jamais tu savais lire entre les lignes, alors tu comprendrais. Oui, tu verrais tout l'intérêt que j'y ai caché. Tu apprendrais que si j'écris ces mots à cet instant, c'est peut-être qu'ils ont en eux quelque chose de très beau. Je ne raconte rien pour plus tard, cela peut servir. Par ailleurs je n'arrive vraiment à rien dire. Voilà c'est dit.

J'ai appris beaucoup de choses sur ma personne, la plupart me sont encore inconnues mais moi, j'ai la chance de me découvrir chaque jour. Je suis rentrée dans un système il y a plus d'un an maintenant, dans lequel je me suis battue longtemps. Ce que je suis, je le deviens dès aujourd'hui, d'ailleurs me reconnaîtras-tu ?

J'écris mais j'en ai assez d'écrire, marre d'écrire ce que je n'arrive pas à dire ! A chercher les non-dits par ici, on ne les trouve pas et ils ne seront pas de bonne qualité quand tu les sauras. Plus je tapote le clavier et plus je me dis que cette lettre va sûrement énerver ou faire sourire, quand les lecteurs verront à l'intérieur qu'il n'y a rien à lire. De toute manière mes mots ne les concernent pas. Tout est bien comme cela, je t'écris avec espoir mais sans attente. Puisque l'envie de te voir n'est pas pressante, laisse moi aller, encore un peu, et permets moi de parler aussi. Je ne te dis rien et ce n'est pas pour bientôt, mais un jour paraît-il, ce sera possible.

Je t'ai écrit cette lettre pour partir et revenir, voyager de mon bureau jusqu'à ton être, sans cesse, sans savoir pourquoi, j'étais liée à cette pensée, celle où tu es, où tu persistes. Je t'ai usée et je l'ai voulu, je t'ai écrit pour un moment croire que tu étais là, assise à côté de moi sans pour autant vouloir que tu y sois. Je t'ai écrit sans histoire mais avec envie. Finalement, je pense avoir écrit pour plus tard, dès aujourd'hui.

« J'ai ce qu'il me faut, je quitte ce banc.

A l'été prochain. »

J'aimerais parler de ma maison d'enfance car malgré sa vente, je pense ne l'avoir jamais vraiment quittée. Je suis éprise d'un véritable amour pour celle qui m'a vu grandir. C'est pour cette raison que je choisis de donner ici seulement quelques pensées et souvenirs. Debout devant le portillon noir, je vois ses volets fermés. Le hall d'entrée est face à moi et je passe la porte. A peine l'ai-je franchie que déjà les bruits, les odeurs et les couleurs me reviennent.

La première pièce à droite reprend vie sous mes yeux. La cuisine garde son lot d'odeurs et de rituels. La musique et la voix de maman se mélangent au tintamarre des ustensiles et différents appareils électriques ; les gâteaux des dimanches midi se confectionnent avec grand soin, la cuillère en bois et la casserole rouge remplies de pâte au chocolat n'attendent que d'être léchées par mon frère et moi. Il est midi, un écho vient à moi : l'appel ritualisé de mon père du haut de l'escalier rouge : « A table papa ! » Mon père arrive comme à son habitude en retard au repas, sa bouteille de vin premier prix à la main. Mon frère n'aime souvent pas ce qui est préparé il mange autre chose. Mon père épluche sa pomme avec minutie à chaque dessert. Cet instant où je demande: « Je peux avoir un quart moi aussi ? ». Son soupir précède toujours son accord. Il finit de manger seul sur sa chaise attitrée, les idées ailleurs.

La chambre de mon frère au fond du couloir à gauche fait résonner sa musique. Les posters des équipes de basket dont il est supporter sont accrochés aux murs verts. Si on tend l'oreille, on peut entendre le bruit des crayons glissant sur la feuille de papier. Il est signe de ses premières créations qui aujourd'hui lui valent son succès.

L'antre des parents est à ses côtés, dans laquelle peu de bruits résonnent à l'habitude, mis à part les ronflements persistants de ma mère la nuit. Je vois la couleur saumon des murs et nous deux lisant dans le lit. Je le reconnais, je dois mon amour des mots à ma mère. Enfin la porte fermée, signification ultime que papa est couché.

La salle de bains verte et beige où les parfums masculins prédominent. La baignoire me rappelle les bains remplis de mousse avec ma mère et nos jets d'eau à la figure. Le vase à l'angle de la baignoire porte des fleurs en plastique. Il ne doit pas être arrosé. La répartition des tiroirs reste précise pour chaque membre de la famille. Le mien était tout en bas.

M'apparaît enfin ma chambre où il y a des jouets étalés au sol ainsi que la caisse à poupées. Plus tard des posters de mes idoles de l'époque y seront accrochés ainsi qu'un tableau offert par mon frère. Les rideaux ont la même couleur que ma lampe à bulle orange. La fenêtre donne sur le jardin et l'arbre en face invite sans gêne chaque été sa branche à entrer dans mon univers.

Je reviens au salon où cette fois, les aiguilles du tricot de maman cliquettent midi et soir. Tout cela en regardant la télévision devant laquelle s'enchaînent les après-midis goûter et les paquets de gâteaux. Je repense au canapé rouge et son doux creux au milieu, à la table en bois où se mêlent de nombreuses discussions en famille et un nombre incalculable de bougies soufflées et de bons gâteaux dégustés.

J'ouvre la porte-fenêtre et me trouve désormais sur le balcon où les prunes qui ne mûrissent jamais sont toujours aussi acides. Cette vue sur les maisons du bourg reste belle et je revois l'avion en direction de Paris passer tous les après-midi à la même heure. Ses vrombissements à l'approche du décollage s'amplifient depuis la ville. J'aime cet oiseau de fer et rêve enfant d'y monter.

Je rejoins maintenant les vieux escaliers rouges qui descendent au garage. La buanderie se réaménage elle aussi. Je sens l'adoucissant du linge fraîchement étendu et l'odeur du fer à repasser qui vieillit. Le bruit de la machine à coudre prime sur la radio toujours présente au côté de ma mère.

Le garage et le bruit des outils où résident ensemble odeurs de peinture et bois scié. Contre le mur se trouve l'établi bleu de papa avec son placard à tournevis et l'affiche de son horoscope. Papa est cancer. Il résonne encore ici son sifflement, signe que sa concentration atteint son apogée.

Au fond de la pièce, le bureau jaune et bleu avec l'ordinateur où mon père je pense, a découvert une nouvelle vocation. A côté ce sont ses toilettes. Il y passe de longues minutes à lire ses revues de bricolage après ses petits-déjeuners des week-ends. Des blagues douteuses sont accrochées au mur et la carabine à plomb est posée dans l'angle droit. Elle est utilisée occasionnellement pour tuer les serpents du jardin dont ma mère a si peur.

Le portail noir qui mène au jardin grince toujours. Il garde de belles décorations naturelles entretenues avec soin. Je revois la préparation du barbecue et la cendre qui se glisse dans les poils du torse de mon père puis les repas sur la table carrelée. Les descentes en voiture plastique jaune et rouge et les courses avec mon frère dans la pente menant à la piscine. Cette dernière et ses interminables traversées avec mon père ainsi que les lancés malencontreux du petit ballon chez le voisin grincheux. Ma bouée coccinelle a deux petites antennes devant, elles sont tirées par mes parents dans l'eau. Ma mère va chercher le goûter après avoir quitté le transat blanc où elle se repose tout le temps. Il ne faut jamais éclabousser ma mère, elle n'aime pas l'eau chlorée. Nos pieds plein d'herbe sont impérativement à rincer dans la bassine bleue avant d'aller à l'eau. C'est un ordre de papa. La bassine est remplacée plus tard par la terrasse en béton , elle est belle mais brûle les pieds. Il y a aussi le cabanon et ses multiples araignées. L'odeur est toujours présente, mélange d'herbe fraîchement coupée et de plastique mouillé. Je goûte aux figues sucrées de septembre en évitant les guêpes et les frelons. Des photos me rappellent que j'aimais la recherche des œufs de Pâques. Je me souviens surtout des chocolats trouvés devant ma porte de chambre pour cette même occasion, plus tard, quand déjà nous avions grandi.

Il existe un appartement à l'étage où ont habité mes grands-parents et j'ai pu profiter de leur présence. Je considère que c'est une chance. Je me souviens de l'odeur des marrons chauds, des repas servis par mamie sur la nappe à carreaux. A chaque repas, quelques gouttes de vin dans mon verre de limonade puis par habitude, l'heure de la sieste avec mamie sur le canapé. Le lit bleu où m'attend le gros ours de taille adulte, les lectures de ma grand-mère et la berceuse du rêve bleu. Les gouttes de pluie chutent toujours sur le vasistas au dessus du lit. Ce bruit léger et apaisant qui encore aujourd'hui me ramène ici. Qu'importe l'endroit où je l'entends. Les placards encombrés des vêtements de ma grand-mère m'inspirent des déguisements. Papi est toujours dans la cuisine pour lire le journal.

Et parmi toutes ces pièces, la vie d'Elsa, notre caniche de compagnie qui elle aussi, a son lot de bruits et d'odeurs. Je repense à ses aboiements incessants sur le balcon, sa panière dans le salon et sa peur de l'aspirateur. Je revois nos balades en laisse ; ses courses à la balle dans le jardin ; son attente des restes du repas sous la table ; sa joie de nous voir à chaque instant et ses puces laissés sur le lino. Ses nuits occasionnelles passées dans ma chambre et l'unique et merveilleuse fois où je l'ai sentie si près de moi, visite étrange d'après son départ pour là-haut.

J'ai déjà fait le tour. Cela me semble si rapide et il m'est difficile de détailler vingt années de vie dans ces murs. Ils auront entendu des pleurs, des rires et des réprimandes. Ils auront vu des humains remplis d'amour et de colère, des enfants grandir, des adultes s'aimer puis des êtres s'éloigner. Si elle pouvait m'entendre je lui dirais ceci :

« Tu as connu une transformation lente et progressive marquée par les départs des membres de la famille mais je sais que tu vis encore, par tout ce que nous t'avons apporté et laissé. De ce fait, on ne t'oubliera jamais. Habitée à nouveau, le schéma redémarre tel un cycle inévitable. Je voudrais te remercier pour ces multiples années passées en ton sein. Ce voyage en toi m'a rendue sereine. Je les ai vus tes murs riches de vies. S'il te plaît, ne les dévoile pas à tes prochains passagers, garde les au chaud pour toi. Ils font toute ta beauté. Il est temps pour moi de partir avec joie et soulagement. Les prochains murs que je connaîtrai, même en les aimant, n'auront jamais les bruits, les odeurs et les couleurs que tu portes encore si bien. Je te le promets. »

Dehors il fait presque nuit. Je m'assois sur la margelle et la regarde à nouveau. La fenêtre de la cuisine est ouverte et maman cuisine en chantant, la musique rap de mon frère résonne encore. Il a toujours écouté la musique trop fort. Au garage mon père utilise sa perceuse en sifflotant, là- haut mamie fait son ménage et papi regarde la télévision. Percevez-vous tout cela ? Appréciez-vous l'harmonie parfaite de tous ces bruits, ces faits et gestes ? Les reconnaissez-vous ? Profitez en vite car déjà les volets se referment, les bruits s'estompent, les couleurs disparaissent. Ma maison redevient ce coffre-fort scellé plein de richesses.

Avant de conclure, maintenant que ces quelques lignes vous appartiennent aussi, je souhaite vous livrer un secret. Mon esprit n'a pas vagabondé seul pour écrire ces souvenirs. Je me suis réellement rendue sur place un jour d'hiver, par un besoin pressant de dire au revoir à celle que j'aime. J'étais comme je l'ai écrit, debout devant le portail noir, à l'observer. Mon père a été le dernier à partir de chez elle et il a eu raison.

Papa, sache que pendant les travaux et le déménagement

dont tu t'occupais, je revisitais cette maison vidée. Je prenais déjà lors de mes visites furtives quelques notes sur un carnet. J'avais envie de poser sur papier toutes ces magnifiques années. Papa, j'avais peur d'oublier toutes ces belles choses partagées, peur que l'on n'en parle plus jamais. Mais aujourd'hui, je suis heureuse de constater que les souvenirs continuent d'exister.

Je peux encore parler de la fois où tu t'es rasé la moustache et même que j'en avais pleuré ; des crêpes corréziennes si bonnes de chez mamie ; de ton klaxon quand tu rentrais le midi ; de l'arrivée de ta nouvelle moitié ; de la douche dans le garage ; de la lampe papillon ; du nid de rouge-queue dans l'entrée ; des nombreux sapins décorés et des repas de Noël, des jeux vidéos de mon frère, de la cave aux bouteilles de vins dix ans d'âge. Sans oublier la clé en cuivre de la serrure du bas et le clou pour qu'elle reste là. Les talons de mamie qui résonnaient en bas ; les mêmes qui me manquaient tant quand elle n'était plus là. La caisse boisée remplie d'apéritif, le tiroir à CD et ta chaîne hi-fi. La vitrine du couloir avec les canards en bois, la famille lézard du jardin, la belle pendule du salon, la cave noire aux chauves-souris ; les décorations égyptiennes, le placard blanc à chaussures, la bouée canard, les tables basses en marbre, les deux arbustes à l'entrée de la maison, l'aquarium et le Minitel...

Si je prenais le temps d' écrire des pages entières et détaillées, cela me prendrait sans aucun doute vingt belles années. Désormais le passé peut devenir un souvenir pardonnable.

« C'est bien ce que tu as écrit ma Nini.»